Spencer Johnson, uno de los autores más respetados y queridos en todo el mundo, sabe inspirar y entretener a sus lectores con aleccionadores relatos

¿Quién se ha llevado mi queso y *¿Quién se ha llevado mi queso? para Jóvenes* (ambos publicados por Ediciones Urano) se han convertido en poco tiempo en éxitos de ventas mundiales. De entre los millones de personas que han leído la versión inicial de *¿Quién se ha llevado mi queso?* son numerosas las que dicen lo mismo: ¡Ojalá hubieran conocido esa historia cuando eran más jóvenes! ¿No sería genial aprender, ya desde la infancia, a tratar con el cambio y... ¡salir ganando!

Spencer Johnson es licenciado en Psicología por la Universidad de California del Sur y doctor en Medicina por el Real Colegio de Cirujanos. Además ha formado parte de los equipos médicos de la Facultad de Medicina de Harvard y de la Clínica Mayo.

Los libros de Spencer Johnson están disponibles en treinta y cinco idiomas en todo el mundo.

¿Quién se ha llevado mi queso? para Niños

¡Una forma sorprendente de Cambiar y Ganar!

Por el autor Nº. 1 en Superventas

SPENCER JOHNSON, M.D.

ILUSTRACIONES DE STEVE PILEGGI

U R A N O

Dedico este libro a mi hijo,
Christian Johnson,
que tanto ha contribuido
a la presente edición de esta historia.

Título original: *Who Moved my Cheese? for Kids*
Edición original: G. P. Putnam's Sons, a division of Penguin Putnam Books for Young Readers, Nueva York
First published in the United States under the title WHO MOVED MY CHEESE? FOR KIDS by Spencer Johnson, M.D.
Published by arrangement with G.P. Putnam's Sons, an imprint of Penguin Putnam Books for Young Readers, a division of Penguin Putnam Inc.

Traducción: David Sempau

Aribau, 142, pral. – 08036 Barcelona
ww.mundourano.com
ww.edicionesurano.com

ISBN: 84-7953-553-9
Depósito legal: M. 42.178 - 2003

Fotocomposición: Ediciones Urano, S.A.
Impreso por Mateu Cromo Artes Gráficas, S. A. - Ctra de Fuenlabrada, s/n 28320 Madrid

Impreso en España – *Printed in Spain*

De entre los millones de personas que han leído *¿Quién se ha llevado mi Queso?* son numerosas las que dicen lo mismo: ¡Ojalá hubieran conocido esa historia cuando eran más jóvenes! ¿No sería fenomenal aprender, ya desde la infancia, a adaptarse al cambio y... ¡salir ganando!?

Hace algunos años, nuestra familia se trasladó a vivir a más de ocho mil kilómetros de distancia, a un lugar con una cultura completamente distinta. Unos meses después de que los chicos hubieran comenzado en su nueva escuela, sus maestros se maravillaban ante lo bien que se habían adaptado.

Lo cierto es que desde muy pequeños conocían la historia de *¿Quién se ha llevado mi Queso?*, y sabían que el cambio no sólo puede ser divertido, sino que puede llevarnos a algo mejor. Seguro que la presente narración ayudará a los niños a ¡cambiar y ganar!

Vuestra familia puede verse afectada por muchos tipos de cambio; esperamos que, sean cuales fueren dichos cambios, la presente edición de esta historia, especialmente creada para los niños, ayude a vuestros hijos a afrontarlos mejor. Por último, deseamos que todos vosotros encontréis vuestro Queso Nuevo... ¡y sepáis disfrutarlo!

Spencer Johnson

Érase una vez cuatro amiguitos llamados Fisgón, Escurridizo, Hem y Haw.[1]

1. *«Hem» y «Haw»* significan en inglés «titubear» y «vacilar» respectivamente. Por tratarse de palabras intraducibles como nombres propios, hemos considerado más adecuado respetar los del original para estos dos personajes. *(N. del T.)*

Cada mañana se calzaban sus zapatillas de deporte y se preparaban para salir en busca de lo que les hacía felices: *¡el Queso Mágico!*

El Queso Mágico es algo muy especial porque, cuando lo encuentras, ¡te hace sentir muy bien contigo mismo!

Pero el Queso Mágico estaba escondido en alguna parte del Gran Laberinto donde había muchos, muchos lugares distintos adonde ir.

Fisgón y Escurridizo eran muy listos y siempre se acordaban de dónde habían estado antes, de modo que no perdían el tiempo buscando el Queso en lugares viejos, sino que lo buscaban en sitios *nuevos*. Fisgón tenía un gran hocico, con el que olfateaba el aire para averiguar dónde estaba el Queso. Escurridizo era raudo y veloz y siempre se apresuraba a salir en busca del Queso.

Hem y Haw también eran muy astutos. Leían constantemente libros y estudiaban los mapas para encontrar el Queso Mágico.

—Probemos por aquí —decía Haw.

—No estoy muy seguro —le respondía Hem.

Como Hem y Haw no querían perderse en ningún oscuro rincón, avanzaban lentamente por el Laberinto, pasito a pasito.

Día tras día, nuestros cuatro amigos recorrían el Gran Laberinto en busca del Queso.

Atravesaban zonas oscuras y se metían en callejones sin salida, pero daban la vuelta y reanudaban la búsqueda en otra dirección.

De repente, un buen día, sucedió algo maravilloso. Nuestros cuatro personajes encontraron un lugar especial.

¿Qué crees tú que habían hallado?

ESTACIÓN QUESERA C

¡Habían encontrado el Queso Mágico!
Estaba en una gran sala llamada Estación Quesera C.
Siempre había estado allí, aguardando a que alguien lo encontrara.

—¡Yupi! —gritó Haw.

—¡Hurra! —exclamaron Fisgón y Escurridizo.

Hem dijo:

—¡Aquí tenemos Queso suficiente para *siempre*!

A Fisgón le encantaban las lonchas de color naranja, que olían tan bien. Escurridizo se deleitaba mordisqueando los trocitos amarillos de queso duro. A Hem le gustaba el queso con agujeros, mientras que Haw prefería aquel otro blandito, de color blanco y con forma de rueda. Todos ellos comenzaron a imaginar lo que el Queso Mágico les podría proporcionar.

Fisgón se veía a sí mismo jugando con nuevos amigos en el Parque del Queso Azul. Escurridizo se imaginaba marcando el gol de la victoria en el gran Campeonato de Fútbol del Queso. La fantasía de Haw era que sacaba buenas notas en la Escuela Primaria del Brie, y Hem soñaba que vivía en una gran mansión en la cima de la Colina del Queso Suizo. Más tarde, al caer la noche, todos ellos regresaron a sus casitas.

A la mañana siguiente, Fisgón y Escurridizo se levantaron pronto, se calzaron sus zapatillas de deporte, y se adentraron corriendo en el Laberinto, directamente hacia la Estación Quesera C.

Cuando llegaron a ella, lo primero que hizo Fisgón fue oler el Queso para ver si seguía estando fresco, mientras que Escurridizo tomaba medidas para saber cuánto quedaba.

Cuando quedaron convencidos de que había Queso suficiente para todo el día, se sacaron las zapatillas y se las colgaron del cuello, de modo que pudieran encontrarlas con facilidad cuando las necesitaran. Finalmente, Fisgón y Escurridizo se instalaron cómodamente y comenzaron a darse su festín de Queso Mágico.

Mientras tanto, Hem y Haw seguían durmiendo.

«Ya sabemos dónde está el Queso», pensó Hem. «No hay por qué correr.»

Bostezando, Haw se dijo: «Se está bien en la camita, creo que voy a dormir un ratito más.»

Cuando por fin llegaron a la Estación Quesera C, Hem y Haw se acomodaron como en su propia casa. Hem se construyó incluso un sillón de Queso para estar más cómodo. Haw escribió en una de las paredes: TENER QUESO TE HACE FELIZ.

ESTACIÓN QUESERA C

Día tras día, Fisgón y Escurridizo madrugaban, se apresuraban para llegar pronto a la Estación Quesera C, y comprobaban el Queso para saber qué estaba pasando.

Sin embargo, Hem y Haw se levantaban cada día más tarde. No prestaban demasiada atención al Queso ya que daban por sentado que siempre estaría allí.

¿Te das cuenta tú de lo que estaba pasando con el Queso?

Finalmente, una mañana Fisgón y Escurridizo llegaron como de costumbre pronto a la Estación Quesera C, y se encontraron con que el Queso ¡había desaparecido!

Aquello no los pilló por sorpresa porque ya se habían dado cuenta de que la reserva de Queso era cada vez más pequeña.

Sabían que había llegado el momento de volver al Laberinto en busca de Queso Nuevo.

—Estoy seguro de que será tan bueno como el Queso Viejo —afirmó Escurridizo.

—Incluso mejor, —aseguró Fisgón—. Si, ¡el Queso Nuevo será sin duda mejor!

Mucho más tarde, Hem y Haw llegaron a la Estación Quesera C y se la encontraron vacía. Miraban anonadados a su alrededor, ¡no podían dar crédito a sus ojos!

Hem exclamó:

—¡¿Cómo?! ¡¿No hay Queso?! ¡¿Quién se ha llevado mi Queso?!

Hem se enfadó muchísimo. Estaba absolutamente convencido de que el Queso iba a ser suyo para siempre; él se lo merecía, pasara lo que pasase. Dando saltos se puso a gritar:

—¡NO ES JUSTO!

HEM
HEM

Haw estaba tan disgustado como Hem pero no gritaba ni pateaba.

Por el contrario, se quedó quieto como una estatua, sin saber qué hacer. ¡Estaba desconcertado!

Luego se dio cuenta de algo.

—Hem —dijo—, ¿dónde están Fisgón y Escurridizo?

Mirando a su alrededor, Hem le respondió:

—No lo sé.

—Apuesto a que han vuelto al Laberinto para buscar Queso Nuevo —dijo Haw—. Tal vez sea eso lo que nosotros deberíamos hacer también.

—No, no quiero —respondió Hem—, todo es demasiado confuso ahí fuera, en el Laberinto. ¿No te acuerdas de lo que nos costó encontrar *este* Queso? Es más seguro quedarse aquí y esperar a que nos devuelvan el Queso Viejo.

Escuchando a su amigo, a Haw también le entró miedo.

—Creo que tienes razón, Hem —dijo finalmente Haw.

ESTACIÓN QUESERA C

El día siguiente, Hem y Haw volvieron a la Estación Quesera C vacía esperando que, de algún modo, el Queso regresara.

Esperaron y esperaron un día tras otro... confiando en que las cosas volvieran a ser como antes.

Mientras tanto, Fisgón y Escurridizo se dedicaban a fisgonear y corretear por el Laberinto, en busca de Queso Nuevo.

De vez en cuando encontraban algo de Queso Mágico y se detenían para tomar un tentempié. Nunca se olvidaban de dejar algo para sus amigos Hem y Haw.

Al cabo de un tiempo descubrieron una nueva parte del Laberinto. Se llamaba Estación Quesera N.

¡La cantidad de Queso era allí DIEZ VECES mayor que en la antigua Estación Quesera C!

Pero Hem y Haw seguían esperando en vano en la vacía Estación Quesera C.

Finalmente Haw se quedó mirando a su compañero y se echó a reír.

—Haw, Haw. Fíjate en nosotros. Damos risa. Las cosas han cambiado pero nosotros no.

Hem estaba demasiado enojado como para reírse.

Sin embargo, Haw comprobó que reírse de sí mismo le hacía sentirse mejor.

Entonces escribió en la pared: ¿QUÉ ES LO QUE HARÍAS SI NO TUVIESES MIEDO?

Haw conocía la respuesta.

—Volvamos al Laberinto, Hem —le dijo a su amigo.

Pero Hem se negó.

Por primera vez, Haw no hizo caso a Hem. Le dijo:

—Ha llegado el momento de cambiar y de encontrar Queso Mágico Nuevo.

¿Qué es lo que harías

si no tuvieses miedo?

Y gritando «¡Es hora de aventurarse en el Laberinto!», Haw salió corriendo.

Al principio estaba nervioso porque no sabía lo que podría suceder.

Pero cuanto más pensaba en cómo iba a disfrutar del Queso Mágico Nuevo cuando lo encontrara, más confianza en sí mismo tenía. Se sentía libre y se preguntaba: «¿Por qué me siento tan bien?»

Haw se dio cuenta de que se sentía tan bien porque ya no estaba asustado. Entonces escribió en la pared: CUANDO DEJAS DE TENER MIEDO, ¡TE SIENTES BIEN!

Haw esperaba que Hem pasara por allí y leyera sus mensajes en la pared. Incluso dibujó flechas para indicarle a su amigo el camino que iba siguiendo.

Luego siguió corriendo por el Laberinto hasta que, de repente, se topó con la Estación Quesera E, en la que encontró...

...¡nada!

La Estación Quesera E estaba completamente vacía, a excepción de algunos trocitos de Queso.

«Seguro que aquí antes había más Queso. Probablemente Fisgón y Escurridizo se lo comieron», se dijo. «Si hubiera cambiado más rápido, podría haberlo compartido con ellos.»

Salió de nuevo al Laberinto pero antes de echar a correr escribió en la pared de la Estación Quesera E: CUANTO ANTES TE DESPRENDAS DEL QUESO VIEJO, ANTES ENCONTRARÁS ¡QUESO NUEVO!

A medida que Haw recorría nuevas zonas del Laberinto, se encontraba más y más trocitos de Queso Mágico. Su sabor no se parecía en nada al del Queso Viejo. Aquello le sorprendió. «¡Sabe *mejor*! Iré en busca de Hem para contárselo.»

De modo que dio marcha atrás por el Laberinto, en busca de su amiguito Hem en la Estación Quesera C.

Cuando llegó, se encontró a Hem tendido en el suelo.

—¡Hem, Hem! —le gritó.

Hem le respondió débilmente:

—Haw, me alegro de verte de nuevo. Aquí estoy muy solo. ¿Encontraste más Queso por ahí? ¿Del que a mí me gusta, con agujeros?

—Bueno, la verdad es que no —respondió Haw—, pero he encontrado algunos trocitos de Queso Mágico Nuevo. Es realmente delicioso. Ten, pruébalo tú mismo.

—Oh no —le dijo Hem—, no creo que me gustara. Esperaré a que me devuelvan mi Queso Viejo.

—Hem, el Queso Viejo se acabó —respondió Haw—. Es hora de buscar Queso Nuevo. Ya sé que al principio da un poco de miedo, pero cuando te pones en marcha ¡es divertido!

—No —respondió testarudo Hem.

De modo que, muy a su pesar, Haw se despidió de su amigo y se adentró de nuevo en el Laberinto.

Haw estaba triste porque su amigo no quería cambiar.
Pero él no iba a quedarse en la Estación Quesera C vacía, compadeciéndose de sí mismo.
Quería explorar a fondo el Laberinto porque estaba seguro de que podía encontrar Queso Nuevo.

Pronto Haw estaba corriendo de nuevo por el Laberinto.

—Me siento bien porque he cambiado. Estoy haciendo algo nuevo y ¡es divertido! Me gusta mi nuevo yo —exclamó.

Entonces, Haw se adentró en la parte más sombría del Laberinto.

Para ayudarse a hallar el camino, se imaginaba su Queso Nuevo. Se veía a sí mismo encontrándolo y disfrutando de ese Queso Mágico Nuevo. ¡Cada vez se sentía mejor!

Pensó: «Imaginar el Queso es como soñar con él estando completamente despierto. ¡Parece tan *real*!»

¿Cómo crees que podría ser *tu* Queso Nuevo?

¡Imaginar tu Queso Nuevo te ayuda a encontrarlo!

Cuanto más se imaginaba Haw a sí mismo encontrando algo mejor, más fácil le resultaba hallar el camino.

Se detuvo un momento para escribir en la pared: ¡IMAGINAR TU QUESO NUEVO TE AYUDA A ENCONTRARLO!

Al avanzar un poco más, se encontró en una parte del Laberinto llena de nuevos olores y colores, más luminosa y acogedora. Luego, al doblar una esquina, Haw se quedó absolutamente perplejo por lo que vio.

¿Adivinas lo que era?

¡Allí, frente a él, estaba la Estación Quesera N!

—¡Vaya! —exclamó—. ¡Fíjate en todo ese Queso Mágico Nuevo!

Y tal como había imaginado, entró en la Estación.

Una vez en su interior, exclamó:

—¡Esto es *realmente* mejor que el Queso Viejo!

ESTACIÓN QUESERA N

¡Su sueño se había hecho realidad! ¡Se sentía tan feliz!
Entonces escuchó unas risas.

Allí estaban Fisgón y Escurridizo, muy contentos de ver que Haw había llegado por fin.

Haw pensó: «Debería haber buscado el Queso Nuevo mucho antes, como hicieron Fisgón y Escurridizo.»

Haw ayudó a Escurridizo a medir el Queso para saber cuánto había realmente.

—A partir de este momento —aseguró Haw—, voy a prestar atención a lo que vaya ocurriendo con el Queso.

Acto seguido escribió uno de sus mensajes en la pared: OLFATEA EL QUESO A MENUDO PARA SABER CUÁNDO COMIENZA A ENVEJECER.

Más tarde, Haw reflexionó sobre su viaje por el Laberinto. ¡Había aprendido mucho!

Recordó cuando aún pensaba que los cambios le ocurrían *a* él, como cuando alguien se llevó el Queso de la Estación Quesera C. Ahora se daba cuenta de que los mejores cambios son los que ocurren *dentro* de uno mismo, como cuando crees que un cambio te puede conducir a algo mejor.

Tras recordar sus andanzas en el Laberinto, escribió en la pared lo que había aprendido:

LOS MENSAJES DE LA PARED

Tener Queso te hace feliz.

¿Qué es lo que harías
si no tuvieses miedo?

Cuando dejas de tener miedo,
¡te sientes bien!

Cuanto antes te desprendas del Queso Viejo,
antes encontrarás ¡Queso Nuevo!

¡Imaginar tu Queso Nuevo
te ayuda a encontrarlo!

Olfatea el Queso a menudo para saber
cuándo comienza a envejecer.

Dirígete hacia el Queso Nuevo
¡y disfrútalo!

De repente, a Haw le pareció escuchar un sonido procedente del Laberinto.

¿Acaso llegaba alguien? ¿Habría seguido Hem sus indicaciones en las paredes y habría encontrado el camino?

Haw cruzó los dedos y volvió la cabeza. Deseaba con todas sus fuerzas que, finalmente, Hem hubiera conseguido...

Dirígete hacia
el Queso Nuevo
¡Y disfrútalo!

Fin

UNA CHARLA

Ahora que ya conoces la historia de *¡Quién se ha llevado mi queso? para Niños,* ¡qué opinas?

- ¿Crees que Hem cambió?
- ¿Te pareces a Fisgón, a Escurridizo, a Hem o a Haw?
- ¿Podía Haw cambiar a su amigo Hem? ¿O sólo puede cambiarse uno mismo?
- ¿Qué haces tú cuando te quitan el Queso?
- ¿Cuál sería tu Queso Mágico Nuevo?
- ¿Qué podrías hacer hoy para cambiar y ganar?